遇见藏地
心有风马

龚学敏 著

重庆出版集团 重庆出版社

遇见藏地
心有风马

龚学敏　著

重庆出版集团　重庆出版社

图书在版编目（CIP）数据

遇见藏地心有风马 / 龚学敏著. —重庆：重庆出版社，2021.7

ISBN 978-7-229-15887-3

Ⅰ. ①遇… Ⅱ. ①龚… Ⅲ. ①诗集－中国－当代 Ⅳ. ①I227

中国版本图书馆CIP数据核字(2021)第113078号

遇见藏地心有风马
YUJIAN ZANGDI XINYOU FENGMA

龚学敏 著

责任编辑：吴向阳 赵仲夏
责任校对：杨 婧
封面设计：何海林
装帧设计：左源洁

重庆出版集团
重庆出版社 出版

重庆市南岸区南滨路162号1幢 邮政编码：400061 http://www.cqph.com
重庆俊蒲印务有限公司印制
重庆出版集团图书发行有限公司发行
全国新华书店经销

开本：889mm×1194mm 1/32 印张：5.75 字数：110千
2021年9月第1版 2021年9月第1次印刷
ISBN 978-7-229-15887-3
定价：58.00元

如有印装质量问题，请向本集团图书发行有限公司调换：023-61520678

版权所有　侵权必究

龚学敏

■1965年5月生于九寨沟。《星星》诗刊主编，四川省作家协会副主席，中国诗歌学会副会长。1987年开始发表诗作。1995年春天，沿中央红军长征路线，从江西瑞金到陕北延安进行实地考察并创作长诗《长征》。已出版诗集《九寨蓝》《紫禁城》《纸葵》《四川在上》等，以及李商隐诗歌译注《像李商隐一样写诗》。

目 录

西藏。虚拟的钢笔画 / 001

在藏语的怀抱之中 / 003

白色鸟 / 005

到马尔康去的路上 / 007

沿白水江进入青藏高原边缘地带 / 009

在大录藏区的森林中 / 011

青稞和我们的生活 / 013

诗歌以及和草地的交谈方式（一）/ 015

雪山断章 / 017

草地。还有那支多年以前走过的队伍 / 019

无 题 / 021

诗歌以及和草地的交谈方式（二）/ 023

献 辞 / 025

在雪开放为花的过程中 / 027

在藏语中舞蹈的女人 / 031

一座用藏语命名的山峰 / 033

牦 牛 / 035

海　子 / 036

在松潘草地的高度中 / 037

松潘高原的春天 / 040

在瓦切，朗诵一首关于爱情的诗歌 / 041

牧羊的孩子 / 042

遇见狼 / 043

怀念一座冬天的寺院 / 044

向一条河致敬 / 045

一枝梅，还有一声鸟啼 / 047

雪山之上的雪和嘉绒藏区的女人们 / 049

2002年，冬至 / 057

飞行在夹金山的阳光中 / 058

一头在敞篷货车上思想的牦牛 / 059

在阳光的缝隙中饮酒或者歌唱 / 060

带着一本神话传说旅行 / 062

一匹在青藏高原独自奔跑的狼 / 064

梨　花 / 065

一条狗 / 066

用受伤的声音抚摸一座雪山 / 067

身穿黑裙的天鹅们 / 068

一种藏族格调的爱情 / 069

穿行在日子里的大雁 / 073

唯一的马 / 075

遇见一位黄昏时分的藏族女人 / 077

正在飞入心灵的鹰 / 079

仰望鹰的一种心灵过程 / 081

小　寺 / 086

在九寨沟的深秋中歌唱 / 087

太阳照耀着的雪地 / 089

用雪豹的声音筑巢 / 090

在九寨沟的丛林中穿行 / 093

九寨蓝 / 094

春　天 / 095

女人们的海子 / 097

松　鼠 / 098

青稞酒之一 / 100

一羽鸣叫 / 101

一枚阳光的蝴蝶 / 103

九十九只藏马鸡飞过的天空 / 104

沿着一匹枣红马嘶鸣的姿势 / 105

野鸭子 / 106

挂在树梢的第七枚月光 / 107

谁在怀念随风飘逝的石榴 / 108

鸟　鸣 / 109

2010藏历新年，下雪 / 110

雪地中的女人 / 112

天　鹅 / 113

雪　地 / 114

冰封的海子 / 115

藏　刀 / 116

阅读一本有关藏族的书 / 117

和一只乌鸦散步 / 118

场　景 / 119

九寨沟的深秋 / 120

村　寨 / 122

九寨沟海子的鱼 / 123

一群向春天行走的喜鹊 / 125

羊　群 / 126

梦见过轻盈的水 / 127

栅　栏 / 128

松潘尕米寺，看见掠过树梢的一曲藏歌 / 129

水。为鱼所困的女人 / 131

青稞酒之二 / 133

降落在寺院之外 / 134

在黑色眼睛般的夜里倾听酒歌 / 136

寨子对面的森林 / 138

咩 / 140

收割青稞的女人 / 141

晾在树枝上的歌声 / 142

在羚羊的右侧 / 144

黑颈鹤划过2011年8月的一个夜晚 / 145

最经典的女人走了 / 146

用雪花锻打成的白色牦牛 / 147

把路上的雨滴带回家的妇人 / 148

雪一样迎面而来的嘶鸣 / 149

雨下在各莫寺的佛塔上 / 150

在拉萨河畔,邂逅一只前世的蝴蝶 / 151

去小昭寺的人群中 / 153

在昆仑山五道梁正午的风雪中 / 155

拉萨玛吉阿米酒馆,听到在那东山顶上……/ 157

在格尔木的胡杨树下看见三只麻雀 / 159

凌晨两点,格尔木火车站 / 160

藏寨行 / 161

九寨沟嫩恩桑措垭口,和一群藏族老人唱酒歌 / 164

在理塘长青春科尔寺的广场上 / 165

理塘县城仁康古街……/ 166

理塘无量河国家湿地公园 / 168

在九寨沟保华乡听南坪小调 / 169

九寨沟草地乡看白马藏人跳十二相 / 170
九寨殇 / 172

西藏。虚拟的钢笔画

那个地域以及天空中随处可见的风
始终以同样凝练的笔触
在想象之外
勾勒几乎可以全部省略的农区寨子
和晒着太阳的我
河。永远是一条空白的暗示
在我的头顶之上
旗帜般飘扬。并且不停地
传诵另一个世界的佛音
直到天光黯淡
我才举起手臂,为一方净土中的旗杆
站在不知出于谁手的
这幅关于这片极地的背景之中
独步天下

我无法用蘑菇来想象那些帐篷
只有狼的声音制成的外套
连同冬天穿在我的身上

尔后,探出两只前爪并用绿色的目光
端坐于雪峰之中

窥视那条通向布达拉宫的
来路

在藏语的怀抱之中

一句口信
在白马的长鬃里安睡已久。并且
被太阳晒化

作为信使
作为万里之遥的一位白马的智者
舔我的手心。不时
冒起剧烈鼻息以及扬起圣光笼罩的尘埃
使我突发一种裸露于荒野的念头
而且饮酒
白马如期而至
深夜猎取刚收割完庄稼的土地如期而至
有一种谷物从发芽开始
谁都无法据为己有
于是，我只能想象那些白色的水鸟
在记忆之中被风吹为辞典中最高的山峰
以及那些粗壮的女人一代代总是生育一些
不朽的男人

或者女人

此时所有怀孕的山中，走投无路的
是我与那白马

白色鸟

在一块块轰然掷于身边的阳光之中
率先冲出影子的困扰
一束光就是终年不化的冰山
在我的夏季之中
依然不减当年的精明

有一段酥油花点缀的很漂亮的传说
关于冰山之神不朽的意念,以及
那些力图走上山顶的人
如何绕天池而行
如何抬起他们终生亲吻大地的额头
我只是侧耳听一些
多年以后他们手中佛珠的转动
偶尔发出的叫喊

不时惊骇无言静对窗外的自己
一动不动,目光似候鸟的姿势沿途打点而过
至我的手臂
才发现十指早已长满一些白色羽毛
像那段故事一般抖动一下

我想起了她的母亲
在这个夏季无风的深夜
我终于想起了她母亲

到马尔康去的路上

这是一条无法留下脚印的路
若鱼
我只能独自立在垭口
用久已成为化石的眼睛,洞穿那些森林和草地
尔后,向前看一看

我无法游出四周的群山
以及在它怀中千年不醒的这条河
置身草原腹地
我只能想象多年以前,曾有人狂歌而过
便永不回返。马呢
没有任何消息使得我感到快慰
在阳光之中,在弥漫阵阵腐烂的绿色空气之中
唯有鳃缓缓翕动
直到风永远平静
似我无法理清的掌纹

向前看一看
地狱,是否便在身后
谁也无法知道那些花开遍上下几千年

注定毫无结局

若鱼
若到马尔康去的路上的我

沿白水江进入青藏高原边缘地带

一只白色的鸟倏然消失。阳光
在我的掌心停留已久
越渐纯粹。一片山由近及远
峡谷之中,迎面而来的是冰封着的伤口
被昨天挂在杉树狡黠的指间

听我的血,是如何在七月的天气中
只开一夜的花
而且,被猎人的锈箭射穿

在鱼渴望站立起来
成为这片草地的酋长时
羊群们珍藏低草中的那些露珠
直到一种欲望将它们视为风筝
开始放飞
并且由我歌唱,由我把那些生殖力极强的语言
连同鱼类象征智慧的胡子一起
置于草原水草丰腴的腹地

我把纯金制成的首饰放在水草之上

锻打一种高度，用我的影子
鸷在我目光鲜嫩的枝上，一动不动
等待那些过去的阳光慢慢陈腐
以及太阳最终成为一种可以食用的物质
理解太阳是件幸福的事情
我已经开始学习，直到透彻成木碗里的
一小撮糌粑

用宗教的枯叶，我睁开一路未启的眼睛
森林荡然无存
水。在我的骨头四周慢慢浸泡如同炮制一副
药酒

我把狐皮缝成的帽子举过头顶。直到
这只千年的老狐，从容不迫地
沿河谷回去

在大录藏区的森林中

独自仰卧在传说折断翅膀的地方
那些松树缺乏人和语言的抚摸
目光和八月的雪
被情人中的智者
指点得歪歪斜斜
并且,注定有着脚印曾经冻伤的感觉

植物们,一律倾诉只有几天的爱情
对于经幡
以及在它高贵的脚下不停食草的羊群
我只有让远处的情人置身其中
学习真正的高贵
并且拉响那把唯一的二胡
蛇皮。从颤抖的手指轻轻滑落
四野是树。是冰
我见过在晶莹剔透的雪山中
自由蜿蜒的情人

藏刀。作为一种男人的首饰
深埋在我的诗歌之中

如同羊群无法背叛阴山的森林之中
那些长势缓慢,并且散发出铁青色光芒的
神话

青稞和我们的生活

临风而立。风,和陈旧的鼓点
渐渐体态丰盈
我们需要从中生长出一片豁达的空地
温暖,貌似昨天的光焰

行走在青稞们的声音中
在风肥硕无比的腰部,睁开一只眼睛
红色的鹫们
自雪峰深处款款来临
尔后,无声地熄灭。一片祥云之中
有金子悦耳的脚印
穿过那片青青的稞
和牧人遗失已久,依旧卓越繁衍的
羊群

歌声。走过皮肤粗糙的那片树林,贴近
诗歌

尘土轻扬。青稞们卑微的身躯
匍匐而行

所有的脚在一种舞姿中微微离开地面
我们的青稞
在尘土自由的空隙之中
缓缓成长。脸色单纯
太阳照着额头上茂盛的语言
并且,在雪地之上,反射
我们的马
和那支孤独无援终生斜挂在墙上的
猎枪

秋风来临
风声在我们洁净过的语言中骤然来临
如同我们与生俱来的手
紧紧相握。意味着替我们预言过的那些青稞
再度苍老
并且,在远处制造着我们渴望已久的
点滴季节

青稞。是我们终日流浪的黑发生长起来的森林
我们深入其中
深居简出。不时
用这只青稞锋芒上睁着的眼睛
关怀我们即将生育的女人
和诗歌

诗歌以及和草地的交谈方式(一)

在长满牧草的阳光边缘
一位牧人,用随风起伏的手势
与我交谈

草地无边辽远。使人想起
一些疲惫的语言
在我们四周筑起一道空气洁净的墙
那些听命已久的马群,缺乏水的马群
开始缓缓涌动。如同
我们四野空旷,却无路可走的话题

需要一些健康的水
流过我和牧人早已端起的酒碗
还要滋生似有似无的殷殷柔情
一点又一点地
滴
穿
我们深陷的影子

太阳是一团陈年的枯草

堵着天空的嘴
有一种来自异域的声音
浸透牧人发芽的鞭子,并且驱散
我们精心布置的云

夜。不劳而获
看着我和牧人紧握的手
如同一匹吃草的马
优雅地安慰牧草深处
艰难流浪的水,以及
另一双手的灵魂

雪山断章

一棵草的阴面,可以无端养育一些白色河流
在季节月光般智慧的无名指上
那些至阴的面孔
时隐时现
白昼,是远处一只古典的木舟
沿着我黄金铸成的掌纹
在一首首诗歌的石质栏栅后面,缓缓地
使花朵的精灵
横尸荒野

大雪山呵。你需要多少片陈旧的阳光
和被猎人击中之后
依然轻松跳跃的死去的獐子
干涸。并不意味着放牧牛群的女人们
要失去所有的水
在拥有语言般富足的沼泽之后
一片帆,躺在草地深处经典的腹部
等待鱼夜色一般沉重地降临。合掌而坐
我看见五个清瘦的手指
在鱼的想象中

一步步锋利地走着。作为自由的牛
唯一晶莹的
是绝高之处充满血腥的白色牛角

我看见一群透明的牛
如何咽下我与生俱有的传说和情歌,之后
默默无言
刮一次风,忠贞的石头和牛角就死亡一次

阳光,雪花一样开在身上。大雪山
一棵草的阴面
在汉语之中,会击败所有的光芒和花朵
唯一需要我们等待到最后的
是结冰的诗歌

草地。还有那支多年以前走过的队伍

沼泽,是套在我手指上的唯一一点想象
来自南方的潮湿枪声
站在青稞们坚实外壳的边缘
充满柔情。并且听我歌唱

一段民歌,可以养活一群牧草之中深陷的脚印
打马而过
那伟人们纷纷抚摸不已的马,在宁静的草尖
和沼泽们异常丰富的语言之中
轻盈舞蹈,一段民歌
可以使我建造一座朴素的木桥。并且感谢
那支多年以前走过的队伍和伟人们缤纷的方言中
不停生长的新鲜的鱼

一群脚印,在洁净的空气中
盛满阳光和雨水。一支枪横卧在一棵草的身旁
在智者的目光深处
会产生一座精美的庙宇,和一些纯情的少女
鸟飞得很低
一根羽毛,在沼泽的年代上

象征一座雪山
我们的手,感到一只鸟崇高的温暖
轻轻向我们滑来。并且滋润
那段民歌

无 题

太阳从东方长满草的河流源头升起
最初的女人们,
坐在被雨水清洗得晶莹剔透的卵石上
注视自己发芽的身影

柔水似夜。牧人们干渴的手指
在女人们单调的歌声中
越渐潮湿
一种宁静,就是草原深处一道不易察觉的刀痕
那些终日流浪的鸟
啜过雪山下面最先降临在女人身上的雪花
并且,在天葬台午夜发绿的光芒中
筑巢

是谁点燃了这些散发幽香的新鲜树枝
季节,蛇一般穿过女人们的血管
滑入茂盛的草丛

女人们纯粹的身影
在所有河流的源头

可以静心生长,并且四处传播
一句话
清清爽爽地坐在雨滴之中,等待那群寒气逼人的
羊

诗歌以及和草地的交谈方式(二)

来吧
冰雪之后,鹰隼们枯瘦的语言越渐精致
羊群在我的手上翩翩起舞
一种新鲜的松枝
遍插四野
遍插你我之间唯一可以同空气一般洁净的诗歌

牧羊的女子依旧雍容华贵。猎手狐皮的帽子
看着水中的鱼,一步步走了过来
并且歌声之中长满红色智慧的毛
一只酒碗
躺在草丛之中,等待我们最后的来临
来吧
冰雹之后,所有的目光都破土而出
一夜之间
孤独的枪,儿女成群。追随我们永远的酒
猎手和牧羊的女人
在和平的羊群中间
仔细谈论阳光深处的寺院

来吧。淋过诗歌的雨
盛在粗糙的瓷器里
就会长出粮食、水、空气、酒,还有雕像
牧人打马而过的地方,雨水充足
就是深藏诗歌的
青稞

献　辞

神呵

雨打着我们的肌肤了
牛羊的舌尖舔舐我们裸露的夏季肌肤了

神呵
雪落在我们的肌肤上了
牧草穿过肌肤和雪之间的温情
长上来了

神呵。放牧雪山的神呵
我们流泪了
一滴眼泪是一座明快的雪山
在头颅与脚印之间，自由飘荡
神呵。你的鞭子
在女人的血管中
是一段优美的情歌
长成树了
女人的声音，如同她们微微凸起的腹部
在你高贵的路途中

四处绽放

神呵

水。来自你的羊群身上每一片黄金的光芒
养育我们的歌谣
和首领

神呵

如林的经幡
长在我们尊贵的首领身上。我们朴素的献词
长在首领身上

神呵
你取吧

在雪开放为花的过程中

你的积雪,可以使缀满咒语的阳光
深陷其中
一只雕硕大的独眼
投在1991年浑身透明的那辆马车上
女人。和端坐于唐卡中清洁的鱼
不停地交换她们唯一的手势

在天之隅。需要我用形如古典裙裾的声音
亲切怀念。终生美丽无比的
是盛满酒、地毯、猩红嘴唇和猎枪的
青石牛角

举起手臂的时候
天色单调,我想起身穿了刚刚一生的皮肤
正在头颅与心脏之间的松木房子中
仔细清洗
我听见一群牦牛相貌严谨的蹄印
走在剑刃之上

雪。在我指纹深处寻找最后的宿命

结伴行进在我早已坠落的目光中

一种光辉,根植迎面而来的钟声
日渐精细在那些瘦弱似水的日子里
我知道,从每一个器官都伸出脚来的动物
在雪开放为花的过程中
可以认真打造一些珍贵的木质家具
并且,用红色的果汁
生育灵魂之中唯一高贵的事物

就沿着这条盛产女人和鱼的河
我看见在远处的家中
正在修理马车和歌谣的灵魂,站在汗水之中
马。置身我目光边缘无法涉足的阴坡
雪花们反射过来的纷繁阳光
是唯一的牧草
饲养马和玻璃之中的眼睛

石头们成群结队地流尽新鲜的血
之后,回家去了
走在茂盛的牦牛中
一根黑色的牛毛,让我知道,冰川深处
自由来往的思想和文字
深居石头们最后杳无音讯的树上

雪,落下来了

在我仰望自己的头颅时
目光,连同我及地已久的黑发
落下来了

谁渴望冰和洒在上面的阳光之间
的空隙中精心构筑的
爱情

我知道,独自一人
站在马和树洁净而平坦的路上
我唯一珍藏过的那滴泪
滴
落
下
来
就是世上最后一条藏有马车的冰川

感情丰富的手心
开始重新生育一匹依旧古典清瘦的马
在我的后院,在距离一位新娘
二十六朵雪花远的地方
植一棵需要长成马车的苹果树

尔后。静心等待那条雪花开满的河,以及
大雪山的光辉之中,骑着雪豹
一步步
朝我走来的
新娘

在藏语中舞蹈的女人

一滴雨的呓语
可以使河谷之中身着厚重裙子的女人,和经幡
临风舞蹈
合上猎人银子铸成的眼睑。有一种花
开在跌落的目光里
女人的手指
渐渐丰硕无比。渐渐在雨成为水的过程中
把酒歌边缘唯一细腰的花朵
植于古朴的石头深处

一滴雨的上面
是一朵云。一朵云的上面
是一句阳光
和来自心灵,并且长生不老的庙宇的声音

在我插满女人手指的水中,那些劳作已久
越发清纯的雨
在一条鱼将庙宇作为最后归宿的翕动中
播种丰润的舞蹈
和字母行走在河莫测身姿中的

默默智者

有一根手指,长在雪山顶上的旁边
女人
藏语在你们的舞蹈中
一滴滴
从河谷中央最初的寒气中,滴落下来

一座用藏语命名的山峰

我知道。从我的头发根部开始舞蹈,并且
流向发尖之后
依旧身姿绰约的河流
源于你雪花之中变幻莫测的名字

热莫克喀

谁的手,轻轻一划
就可以使我身上无意枯荣的草
戴满黄金的面具
一种目光般悠长的号声,来自河流
来自清洁的石头中自由游动的
鱼
庙宇,作为传诵之中古朴的首饰
漂在河与你轻轻冰封的颈上

热莫克喀

我祖居的房子是生长千年的森林
之上,在这些森林的目光被冰雪冻断的地方

是山势平缓的草场
藏语,作为一种茂盛的黄金
端坐在你驯养已久的雪豹之上

热莫克喀。我出生之前就早已知道
你是一座用藏语命名的山峰

热莫克喀

牦 牛

梦见白昼的云,一句句走来。并且
穿过牛孤傲的角

在牦牛腹部
温柔及地的毛的深处。是谁
的睡眠正在远离凭空修造的庙宇

牧草肥硕。花
开在牧草步履高贵的肥硕之上
女人们细微的声音
是一根拴着牦牛的木桩。我站在旁边
和伸出手来
想象鹰的影子,一天天成熟

最柔的毛,过花
天就在庙宇的光芒中低下来了
在白昼开放出的云朵中,我伸出的手
是唯一可以长出叶子的
牦牛

海 子

海子。天深藏在老屋中的蓝和唱累的酒歌
源于你洁净的语言
一匹马的手指
走在空气与雪花之间的大路上

海子。长在山与山森林无边的牙齿旁
和爱情笨拙地舞蹈
淹没手心里满是心脏的影子
海子
藏语是一只河一样修长的船
流经你
我在船头的那块木板长成的树梢中
海子。我在你酋长的蓝色中
制造天空

在松潘草地的高度中

一棵远离名字独自成熟的青稞
用翅膀盛产黄金的影子
喂养山脉后面一些罂粟花开放的沼泽

喜欢出门的人
松潘草地些许温暖的地方是放牧夏天的牦牛
从我们遇见的第一只角进去
在酥油搭成的木板桥上，藏族女人
用眼睛和牙齿舞蹈
喜欢出门的人，打开一片雪花
有人早已坐在长号的边缘
独自冰天雪地

烧水的铜壶，把手浸在透明的冰中
遗弃的草场中央
唯一的门，在牛粪灰烬酷冷的细腻里
为我们永远地开着

在松潘草地的黄金高度中
一座古城，凿于干枯的绯红岩石上。峡谷

是滋养和陶冶了一支骁勇队伍的母亲
双乳之间火苗的颤动
沼泽与沼泽相隔一只盛满过阳光的脚印
一片跳动的指甲
和裂痕深处已经开满小花的猎枪
在牦牛的蹄踏上牧草尖端的瞬间
支撑云朵

手抓的月光，覆盖着羊肉和酒
游于骨头们细微开启的门户深处
喜欢出门的人
一种从未面世的黄金使我们走出自己的骨头
一只雄鸡的鸣叫
被霜打蔫在我们城墙的手心

我用整整一天的时间生活在那支队伍
从草地飘浮的马背上打下的精神城池中
一生之中
只有一颗心脏能够途经黄金的高度
遍布长发的头在左边的肩上
该长牧草的地方。我们的思想
形同羊群与云朵之间日久空旷的默契
有人打马过去的却是外表无比简陋的庙宇

一根牛尾
生长在臀部中央肥沃的高度上
面孔的种子,穿过牧歌洁净的冰
把冬天经幡一般插满我们手臂之上唯一的路
置身草地腹部透明的石子
就是从最后遇见的一只牛角中
取出一些城,和至今安居乐业的爱人

还有那棵青稞黄金锻打成的名字

在松潘草地的海拔高度中
一支青稞真实的芒,滴落下来
穿透一只手的背与心,以及另一只手的心与背
喜欢出门的人
手合拢了。门
在身前或者身后终于吹响了骨头制成的
长号

松潘高原的春天

来自天国的黄金铺在通往寺院
的路上。春天啊
松潘高原骁勇的骑手是马背上
最先绽开的花朵
赛马的时候,我站在经幡湿润的赞歌中
看见马蹄声音的刀锋里
一片片端庄而来的新鲜绿色
在细腻的黄金上盈盈而舞

松潘高原的春天
就是记忆中雪白的母马,从我洞开的门前
倏然而过
如同那些草胸怀博大的发芽

赛马的时候,哪一片平凡的叶子
率先走在少女们粗糙的颂词中
来自天国的阳光铺在寺院的路上
谁高贵的脚与春天一道
走在我冰雪般渐渐溶化,并且
滋养歌声的
马背上

在瓦切，朗诵一首关于爱情的诗歌

在松潘草原，一个叫作瓦切的地方
和几位素不相识的藏族兄弟
一起喝酒
此时，小店外面的雨声中
我仔细抚摸过的鱼群
开放在无名的黄金花蕊之中
我默颂过的鳍，划破雨后的蓝色
游向远处的源头

在瓦切的黄昏降临在小店的时候
我的周围是一群优美的藏语
蘑菇，来自油灯的手关怀过的脚印
那些舞蹈着的语言
使我想念一匹装束整齐的马
并且踏着雨滴后面深藏的雪山
在夜色之中
朗诵一首关于爱情的诗歌

牧羊的孩子

孩子，那些生长在远方的暴风雨就要来了
母亲细小的发辫一次次旖旎在
小河对岸洁白的帐篷边
母亲的手
是羊皮制成的短袍，走在羊群中央
孩子，穿在身上，然后随便走走

就让喜欢草原的我无法分清
哪一缕新草
是五月的阳光，和母亲终年温暖的手

孩子，暴风雨已经打湿你刚刚发芽的
脚印了
在牧羊的鞭子长成的树上
我看见母亲手上的阳光，把你淋湿的眉头
已经晒干了

孩子，那些生长在远方的暴风雨
已经过去了

遇见狼

在松潘草原,天空边缘被风吹倒的草
开始潮湿起来
沼泽中央唯一清纯的云朵
握在我的右手。这种时候
独自一人走在远离猎人和马的地方
需要一种语言之外的表情
我听见类似于路的那种颜色
开放成两滴雨之间的花朵
狼。作为草地腹地一棵浑然不觉的树
就要出现在前方脆弱的垭口了
我知道,这是我唯一一次接近狼的声音
铅弹的根正在缓慢地端起
我的左手,下过雨的左手
是一片坚硬的叶子
看着天空边缘那朵开出去的花

在松潘草原的腹地
有一只遇见狼的手,穿过牛粪燃起的火焰
走在沼泽中央清纯的云中

怀念一座冬天的寺院

雪片之上冰封心脏的阴寒
开放在牦牛的角中
冬天的寺院。置身一条河插满经幡的源头
用藏语中木质的锤子
击打我结冰的光和一生的流浪

去年遗失的眼睑
在牧羊人厚重的羊皮里伸出手臂拾起一块月光
和酒一道,寺院顶部的影子
长在路上
是草地边缘唯一辉煌充足的生命
在冬天。一块月光,一碗酒
以及回家途中经过你影子的我
看见鹰和牧草之中已经干枯的朋友
在一条河冰雪丰满的源头

向一条河致敬

在你鹿的眼睛居住的清净源头
一种来自铜铃之外的声音,割破
我的手指,血滴
开始下坠
并且择水而居,成为鱼
我一生的苍白流经你丰厚的咒语
站在岸上,听任那柄嵌满眼睛的独剑
放牧长发之中无数的绿色森林
和心灵的雪山

天空透明预言的沼泽之中,阳光茂盛
鱼。游入我的身体
你思维清爽。意味着我的脚印
弱不禁风
星星们在草地深处最后需要我前世的坟墓

一位身披红色袈裟的长者
把所有的佛珠放进自己的眼眶

或者,你的

咒语
漫过峡谷
所有的墓穴深陷其中
水。开始浸透一种低头的忏悔

尔后。谁来从容地捕那条肥硕的
鱼

一枝梅,还有一声鸟啼

一枝梅,还有一声鸟啼
在冬天深处默默干净的路上
相亲相爱
并且,用雪峰情义高远的手势
想念那些晶莹河面上
冰封的语言

抚摸精致瓷器中盛满的情歌
我和长在地上的阳光
结伴而行。在冬天一言不发的空洞中
引诱我们的
是一枝叫作孤的梅
和一声姓名叫独的鸟啼

遍种情歌
于我手中阳光般透明的雪原上
然后,荷锄而立
雪花纷纷开满我和阳光的劳作

一种幸福

可以在瓷器们深藏的火焰中
让我安心等待。并且
自由选择

那些情歌的苔藓随意潜入的
瓷与冰

雪山之上的雪和嘉绒藏区的女人们

一

遍野的喜鹊，给冬天的草地铺满女人们的阳光
静止的声音是山坡上喇嘛寺中黄铜祭器上的祥和
在旱季，一棵树的旁边需要一位奶水丰沛的
女人，和她们随身姿摇曳的珊瑚

那些嘉绒藏区源自土司时代的女人，那些从雪山
之上的雪山深处，被白色牦牛驮来的女人
距太阳亲近的树发芽了
树下面的草发芽了
天呵。这些遍地的女人在喜鹊的歌谣中
泪流满面。我看见她们在孤寂的身影中发芽了

阳光在经幡们最后的一次飘动中，被点化成黄金
成为羚羊甘甜的草料。智者们的思想席地而坐
如同夜空中冰凌锻打成的星辰。
把头枕在高冈上，河流一样把爱情躺着的女人
月亮是你们情歌中长发的树长成的银子的爱情
夜色是你们眼眸后面被梦境诱惑的雪豹的爱情

喜鹊。在女人们丰满的乳房，左边是水，右边是草
的喜鹊
让我们把生生不息的羽毛
伸进她们用雪花走过的路上

二

敲打出枚枚雪花的牦牛皮制成的鼓
敲打出朵朵雪莲的羚羊皮制成的鼓
还有可以敲打出来世的树叶和天气的，用一种美丽
制成的鼓。女人，水草样年轻和充满祝福与咒语
的黄金肌肤的女人

我用江河之源静止的另一种姿态，进出氤氲的
气息和睫毛般精致的藏式长裙
谁是高处的舞者，谁是高处雪花上轻盈舒展的舞者

面对如此空旷着美丽的鼓声，和她绯红的嘴唇
牦牛的乳房情不自禁地飞翔在蓝色的绸缎上

松和柏干枯的思想，从僧人的法器中
用一种纯粹的舞姿冉冉升起
我手中的面具整齐地坐在时间绿松石耳环燃烧的火
塘周围

男人中的智者说话的声音
取悦另一种从未发出的声音
用酥油散发的光,照亮酥油前世今生的过程

长满青稞和歌声的最茂盛的树枝
滋润男人和水草的最纤细的河流
栖息阳光和劳作的最淳朴的铁器
温暖孩子和帐篷的最善良的火塘
奉献金银和肌肤的最虔诚的信徒
是女人风情万种的腰肢和发辫们婉转而去的背影
是女人在海子的寓言上舞蹈的颜容

三

女人把青稞的种子和自己播进肥沃的土地。风吹雪
花开
养育那些在阳光中休眠的碉楼和它们的主子

站在青稞黄金的芒中,佝偻着腰的身姿。冰
正在演绎流完两滴泪后成为水的过程
而后,把青稞经筒般转动成酒,把女人放在玛尼堆中
成为一块青色的石头。经幡和碉楼沉默的唇
在女人如玉的肌肤挥洒着一粒粒的文字
太阳升起的时候,女人和她的手走出了碉楼

月亮升起的时候,女人和她盛满青稞的乳,还有歌声回到了碉楼
成群的男人在牦牛的引导下
追逐女人般茂盛的水草去了
还有火塘中不曾熄灭过的温暖和会说话的酒。女人们
需要种植一种与路一起生长的季节
并且,种进比土地和自己还要肥沃的
碉楼。

四

格桑花儿开……

那些侍奉过土司时代的女人把她们的颜容奉献在寺庙
金属们漆黑的冰凉之中,如同一尾在梦境中蜕皮的蛇
一枚在法号声中丰满起来的苹果,从花朵到充斥着欲望的乳房
需要阳光的抚摸。一枚在手的温暖中河流般
渐渐干枯的
苹果,悬挂在你的额前。嘉绒藏区的女人

我听见一群羊子跟随着你的声音,正在咩咩自语

唵嘛呢叭咪吽……

酥油归于灯。青稞归于酒。所有的劳作归于无数次地显示
而又永远不能触及的秋天。男孩归于寺庙，女孩归于土地
男人归于天空与草原之间浸染成格桑花颜色吹动经幡的长风
碉楼归于抵达寺庙上端的虚空之前的驿站
自己归于，格桑花儿开

什么时候开始把诵经的声音放在情歌中唱遍雪山
牦牛的角温柔地穿行在长长的黑发中间。被太阳晒化的鹰
身披红色袈裟，浸透了整个雪地

女人
你是谁精致的舍利，行走在大地白色绸缎的空寂上

我听见了远处的草正在试图用一种优美的语言发芽，一群
僧人正在用他们肥硕的腰伸直松和丝制成的经幡
一群女孩正在用歌声播种青稞和爱情
一群用雪砌成的羊，围坐在酥油灯的光芒中

整齐地答谢
给予她们生命和形式的天气

五

我们把不全是用雪堆成的山称之为雪山

站在土司们曾经养满锦鸡的官寨中央,夕阳和碉楼
用不同的角度点缀她们的旅途。每一位女人
都是先民们的遗址

身着飘逸长裙的雌性藏獒,穿行在奔跑的法器和
思索的
羚羊之间。谁在远处的山冈上召唤雨水

年轻的女人们用天鹅的姿势列队行走在水草动情的
过程中。洁白的海螺正在靠近喇嘛年事已高的嘴唇
把所有的黄金缠在手臂,然后向苍天伸出
把所有的玛瑙挂在丰满的胸前,然后向雪山敞开
把所有的白银系在腰上,然后向大地柳枝般地摇摆
海子闭上了海子的眼睛
聆听藏獒短促的白足掠过草尖们聚汇时的声音

天呵。我们把白天降临在她们裸露的肌肤上的水称

为雨
我们把夜晚降临在她们质朴的眼神中的水称为雪花
我们把群山滋生茂密森林和缀满绿色青苔的脸庞称为阴山
我们把抚育男人们成长的手和胸怀称为女人

六

透过水晶凝视生命在尘土中飞扬着的呼吸
嘉绒藏区的女人用阳光收敛尘土中长鬃的烈马踏过的黄金

雪豹斑驳的白色随同冰凉的夜幕一起降临
在女人的躯壳中。我们用诗歌中趋于完美的最后经典
赞颂靛蓝色土布样纯朴的天空
赞颂与能够包容一切的肌肤浑然一体的大地
赞颂诞生生命,又使生命蒸发的水
赞颂抽象的雪山
赞颂真实的草地
赞颂在太阳和月亮的召唤下苏醒过来并且自由生长的爱情

在公鸡雪花一般的鸣叫声中梳妆的女人
在赤裸的鱼的歌唱声中劳作的女人

一头叫作锅庄的五彩牦牛,把缀满哈达的头伸出了木窗

2002年,冬至

一坛散发着藏语温暖的青稞酒
一只形式肥硕并且纯粹的羊子
一盆弥漫着时间交媾时散发暧昧气息的炉火
一曲貌似清纯,在水中飘荡的酒歌
一盏可以同时照亮神明和爱情的酥油灯

一辆用蹄声的陈旧飞驰而来的马车
一位用银子打造情歌的藏族工匠
一朵女人们姿势奢靡的罂粟
一棵独白着绿色并且老态龙钟的柏
一座僧人们内心空寂的寺院

飞行在夹金山的阳光中

飞行在夹金山的白色阳光中。雪花折成的
鹞,用赤裸声音的清瘦
把温暖留给写诗的人
把名字放进尚在流动的水的深处
那些来自远方的人,那些遗忘飞翔与行走的人
看见熟透的风景和
歌,已经长成整齐的树了
谁在一茎草的寓言里枯黄着另一种成熟
阳光妩媚的腰肢,横卧在
手掌唯一的红色绸子上。然后,用心
继续妩媚

我看见用雪的本质踏雪而来的鹞,还有缥缈的
信使,进入了我的心脏

一万年后。我站在大金山一条无名的深谷中
阅读白色身影中,那些用雪粒写成的信件

一头在敞篷货车上思想的牦牛

再往上走,是山峦和它的青草
再往上走,是山峦顶上的喇嘛庙和它的香火
再往上走,是天空和它正在形成中的雪
再往上走,是天空之上的路和它的
回音

一头在敞篷货车上思想的牦牛
用牧草的背景中滋长的机械
把路铺在了天上。一片树叶上的阳光
可以炼成一枝红色的珊瑚,两片树叶
上的阳光可以炼成什么

白色的情人
远方的牧草还在吗
远方通往远方的路还在吗

在阳光的缝隙中饮酒或者歌唱

 沿着笔直的树生长的欲望,可以看见阳光
的声音,和她们的天堂。梦境的背后
被雪花覆盖的梦境背后,一簇纯金锻打的苗
源自经典火炉颜容姣好的火
的苗,与我谈论有关爱情在旅途中的万千姿势
大雪无痕。无数小瓣的丰满,貌似菊花
在冬天的草地上裸足行走

在阳光的缝隙中饮酒或者歌唱

居住在右边雕房中的眼睛,是酒们青稞色
伸展的舞蹈
在左边放牧的眼睛是一首用酥油灯点燃的音调
和雪豹遗失在冰封的河面上的歌词

谁看见过结成冰的阳光。奔跑的树
发出了金子的声音
青稞的酒中跳跃的是一粒高贵的种子
和种子们悦耳的歌声,还有身边对着太阳
梳头的姑娘

酥油灯的花朵开满草地，酥油灯的花朵
开满远处的雪山。一头飞翔的雪豹用身上
的芬芳诱惑传说中女人妖媚的服饰
和在冬天铺满阳光的草地上饮酒
的诗人
还有他的情歌

带着一本神话传说旅行

源自在一条路颓废的天主教堂旁边的
生活。我看见了风在冬天绽开的花朵
和柏树华贵的服饰,以及
梦醒时仍旧飞翔的青马。居住在江油的诗人,蒋
在李白的诗句砌成的房子里读书的诗人
四姑娘山的阳光照到你的树叶了吗

让我们在不同的天气中同时打开一本神话的
第一页:神的灵运行在水面上

神的灵,也可以运行在已经用花瓣结冰
的水面上吗

带着一本来自太白故里的神话旅行在
青藏高原的边缘地带。那些在农区种植玉米
和青稞的藏民,那些让情歌和白云在天上去放牧
让情人
在背风的松旁安家的藏民
那些用被风吹动的经幡赞美一切的藏民
与我的影子擦肩而过

独自一人行走，需要阳光、天空、雨、酥油灯和
一曲家乡的小调。还有来自上苍的声音

我看见鹰坐在自己的翅膀上思考。鹰
看见太阳沉浸在自己的光芒中释放光芒

用一本书和一句诗抵达一座圣洁的雪山
鹧鸪心静似水。刀刃上寒光四溅的言语
遍布荒径
是谁打马而过？是谁的白马从我残存
的思想中成为新的思想。并且在我不同岁月的不同
语言中漂浮。四散的人们和树

用雪山一样的尽头指点雪山

一匹在青藏高原独自奔跑的狼

一匹在独自奔跑的狼,把种子放在冬天
在铁锻打成的夜色坚硬的外套里
密不透风,是孤独关于狼的一种呼吸方式
狼呵。握着我的右手奔跑
你滴落的雄性的毛,可以在他们肥腴的大地中滋长
你滴落的雌性的毛,滋长他们土地的肥腴
谁可以把不经意的夜色中穿行的速度
用会讲藏话的手
一语击中,成为一粒黑色的冰
我在山冈的高处,看见黑色被黑色命中之后
产生的黎明。河流一般退去的是他们的女人和罂粟
僧人在人群中折断了目光和
向上飘散的氤氲。握着我的右手奔跑
狼呵
天上所有的雪,都想把他们的花开放在你的身上
在冬天,一袭质朴的藏袍
和一支描写过经典爱情的木炭的笔
是你传授给我的种子。狼呵。我的右手
成为手中的智者
还在向谁高高地举起。雪下来了
花。开在你独自奔跑过的路上

梨　花

遍布山冈的村寨和女人，在昨夜的路下着雨的梦中
向我展示纯朴的日子和娇小的乳房

梨花，沿着恋爱的走势一路绽放上去
经过山冈上我放牧着的羊子，并且
用女人成熟的气息傍在我忘记回家的
心尖

一条狗

一条喝醉了酒的狗,循着雪花的气息,离开寨子朝着
雪山走去

我在关注酒成为思想和行动的过程。雪花的
盛宴,逐步进入我穿着藏袍的目光

一声狗吠就是一本绿色经典的书,放在
我正在走着的路上

用受伤的声音抚摸一座雪山

用受伤的声音,抚摸一座伫立了整整一个夜晚的雪山
河,把所有的水流走之后,我看见
红唇的鱼在草原空旷的腹地散步的身影。生活
在雪山与雪山之间的那抹色彩中央,谁不堪沉重的肌肤
需要一句阳光背后的提示

把水和她们的声音留住。把雪山之巅荒芜了多年的孤寂留住
在粉红色的河床中间,谁奔跑的影子,已经把
肌肤留在身后,并且,披在了红唇的鱼
的珍珠的眼泪上面。还有雪山在草上的倒影

一滴雪花的眼泪,可以洞穿一座雪山和他的爱情

身穿黑裙的天鹅们

身穿黑裙的天鹅们,行走在藏族女人
背水的声音中。所有的路,在我的歌声里
被秋天的草覆盖在爱情一尘不染的天空了

一滴落在牦牛身上的雨,把来自空旷的
阴谋留在水蜿蜒的影子中。谁看见过正在生长的
刀刃,和昨日的花朵在女人们的
眉际绽开。远处的雪山,是一种心境透明的
过程,披在我钟情过的歌声身上

云,飞走了。木质的水桶,朴素地坐在
生长过天鹅的路上。如同我的眼睑四周
结满帐篷黄昏般的寂静

背水的藏族女人呢?我曾经用顾长的手臂,诗歌一般
划过的天鹅

一种藏族格调的爱情

一

把手指插进潮湿的石头里面，我唯一的牦牛，正在
用水晶的角，聆听水草们关于爱情故事的
表演。谁站在雪豹曾经踏雪无痕的身影上面
谁的声音被蓝色孤寂的苍天点化。而后，滴水成精
成一种爱情盛世中随天鹅一道长唳的精灵。用影子
支撑长发和灵魂的那人，把名字游荡在高原的草茂
密的
腹地。把神灵供奉在雪山冬天的心脏中央的
一只羚羊

二

在一条河的源头。在一条被天鹅赋予了性别的河的
源头
我遍身手指的爱情已经开花了。远处歌唱着的经幡
们，用诡秘的眼神
暗示成群的季节和迎面而来的故事线索
一朵花漂在河中，爱情就随水走了

两朵花漂在河中,背水的藏族女人就从寨子的黄昏中走了出来
三朵花漂在河中,饮水的雪豹,用身上的斑点默想遍野的磷
在去年发出的哀鸣

三

我感觉到手指的生命正在石头砌成的黑洞里,随风飘逝
谁珍藏在额头和掌心里的阳光
把所有的黄金种在寺院辉煌的号角声中,并且诱惑煽情的母马
和在风中摇曳的没有生命的手指们。谁可以引导她们的梦境
用刀剖开后依然在海子中飞翔的梦境。关于爱情的传说
来自一条河的源头,以及雪山,雪莲,雪豹们
朝夕相处的轻柔。用熄灭过无数盏酥油灯花的眼眸熄灭遍地的黄金
在黑色的小辫与肌肤之间,是天鹅来去自如的季节和盛开的时间
我听到熄灭一棵黄金树生长的故事了
从长号中伸出的手指,缀满了爱情的珊瑚和绿松石

跟随在我羚羊后面

四

我看见来自天堂的神鸟缀满文字的经幡的翅膀了
你渴求什么
那些已经把爱情长成长草的插在泥土中的手指
那头终日沉思在所有河流源头的雪豹
还有会唱歌的长发和用水缠在一起的铜号
离天堂最近的，是我雪山之巅招摇的寺院。以及
寺院四野白雪们相互纯洁的爱情

五

雪豹的目光可以凝固草地上方松枝们燃烧时朗诵的
颂词
所有渴望赞美的名词，走在雪豹奔跑着的左侧
格桑花开
一朵被草的情义浸染透后，归于虚无的花
开在雪豹的右侧
打马相随。谁用红色的长裙，还有黑色小辫的长发
诱惑我草绿色的马儿
谁天地之间牙齿的瓷唯一闪亮的声音，引导
一种关于藏族格调的爱情

把牦牛遗忘在水草们神情涣散的沼泽四周。把爱情
种在雪线之上青色岩石们光滑的镜子里
食雪的雪豹，等待着一枚硕大无比的树叶
在梦里呈现出天鹅情侣般的呓语。然后，用仔细的
雪花
掩埋月亮发黑的尸体
在牦牛白色的毛织成的帐篷中，最后一位放牧的男
人和一位
背水的女人，坐在那成长着的草上
倾听经幡们被风传诵的故事，和坠落在火塘
松香四溢的火焰中央的
心动

穿行在日子里的大雁

所有的蔚蓝都停留在被称为树的前方
在日子里穿行,在我们信仰过的风里面穿行
一只孤独的大雁
在语言们不能抵达的高处播种心形的
鸣叫

在没有太阳的天空下面,我独坐的身影
以及用水滋润过的诗歌
是一只大雁正在跨过石质门槛的一丝孤独
每一块石头,都在自己的影子里
默默生长。每一个我们抚摸过的日子
都在大雁苍老的羽毛中,用寓言
祝福树上盛装的蓝色。一只镶嵌着高贵鸣叫的
酒杯,飘忽在梦境边缘
齐整的水草深处

在我右手中飞翔的大雁
在我从最高处的树梢中长出的右手中飞翔的
大雁,一声比卵还要充实的鸣叫
是格桑花蕊们独守玉石的碉房。水在流动

水,在铜号声中大雁掠过的痕迹中,款款流动
穿行在日子里的大雁。就是
途经我们的心脏,然后从我们孤独的眼睛
的季节中飞向远方的
大雁

唯一的马

唯一的马,在阳光下面没有任何阴影与欲念的
马。从春天明媚的花蕊中孕育出的马

我最后存留的心境,只能生长透明的水草
在阳光中自由飘逸的长发。无根的长发
和远处伫立的歌谣,以及唯一的马
宝石的眼睛,正在覆盖我最后一次存留的
如水的心境
在心境中食草。在心境如水的平静中饮水
我伸出的手指,可以诱惑所有的女人的手指的
长鬃
苹果花开,什么样的山冈上,谁种的苹果树
在长鬃的湿润中花开了

马。谁在我心境中至尊至高的山冈上
种上的苹果树的花朵,在等待之外的白云中
如期开放了

在苹果花中行走的马,踏着苹果花的芬芳在空中行
走的

马。我只能用如水的心境，倾听
你无声的声音，和阳光黑色的影子
我知道，真正的好马没有驭手
静止的长鬃与宝石的眼睛，可以感动
所有旅途的

唯一的马

遇见一位黄昏时分的藏族女人

在空旷的草地中央,我看见比黄昏还要澄明的
珊瑚,以及身穿洁白石头制成的袍子的女人
谁是唯一没有回家的羊
正在咀嚼镀金的目光,和最纯的草

即将升起的月亮,与已经落下的太阳之间
是一根新鲜松木正在默诵的芳香
搭成湿润的桥。珍贵的树叶
穿行在整齐的草和四散的影子上方
我随身携带的诗歌,被枣红色一样沉默的马
锻打成一只黄金的鸟翅,收敛在从眼睛里
生长出来的黑发中间

我的指尖,飞翔着的是羊子凝重的言语
和透明的角
在黄昏时分,我看见许多温暖的珊瑚
如同雨后的香蕈,把她们轻柔的影子
一句句伸进我的诗句
那些来自牦牛的火焰,
即将温暖我的心灵和新鲜的诗句

身着藏袍的女人
透过你黑色树荫的身影,我看见
从未看过的火焰了

正在飞入心灵的鹰

所有黑色云朵之中最浓的一瞬,把彩虹的花朵
开放在雪山后面栖满诗歌的剑上
我的手指已经感觉到那些开始流动的河流
重新汇集在它们洁净的源头
早已冰凉的马车,停放在被阳光修剪齐整的
硕大草地。那一枚唯一遗失在青草尖上的雪
是鹰投在我目光深处孤独的影子。羊群们
簇拥的马车,在我成精千年的手指里面
成为一条流动着珍珠与智慧的河流。我最先看见的鹰呢
我左耳中自由进出的鱼呢
我看见了落在头羊透明的角上的孤独的鸣叫了
人在旅途。不朽的歌声孕育于那只黑色的鹰
默默的单翅之中。在草地丰硕的腹地中心

一只高贵的鹰
用它黑色的火焰,飞入我苍白的心灵
四野是羊子们用爱情的石头生长的森林
唯一让人倍感亲切的冰凉马车,成为旅途之中
培植羽毛的最后场景

在一只鹰,用它的体温和盛满诗歌的广阔
进入心灵的时候
远处的天,以及身旁无形的花和享受她们的女人
正在关闭最后一枚马车形状的雪

仰望鹰的一种心灵过程

一

颈后面硕大的蓝色玉石，已经不能用装饰
这个词语表现我们朝夕相处的状态了
静止的姿势
飞翔在1996年天空上的鹰，成为一种事物
的核心。从蓝色背景中提炼金属
从平面的天空与相同境界的大地之间
散布的阳光中提炼金属
和人一样有着祖籍和爱情的鹰，在青藏高原
曾经熔炉过的瞬间
开始捕食金属，和自己的影子
作为蓝色玉石唯一的黑色瑕斑，作为透明与虚幻
之间唯一的真实，在鹰的内部
行走着阳光的血液。猎人的目光
只能抵达太阳与眼睛之间那枚黑色的羽毛

二

看不见树木或者冰凉的石头

海拔,是用来体现草地品格的一柄利刃
在刀刃上生活与积蓄爱情的鹰
不需要任何形式的停顿,如同我们的语言
从翅膀到羽毛
从羽毛到从未被人熟悉过的,稀薄的
空气

遍布慈悲的庙宇和洁白的羊群。丰腴的水草
所有水草的源头,我看见一位虚无主义者的
烟斗悬挂在凝固的空气之中
鹰。高原上空最原初的一种高度,洞察着
语言们白色象征的外套里面,从容的舞步

撕裂蓝色珍贵的绫,用男童的手
搜寻前世的风衣上面那枚黑色玛瑙
鹰。既然如此,所有的羊群只有在你的下面
在空旷如同你胸怀的草地上面
学习你影子中的歌谣,以及博大胸怀
和雪莲花开放出的银子的温暖。歌声四散
用水制成的乐器把歌声和
歌声里面深藏的敬仰动机,铺满高贵的
目光可以触摸的每一个地方

三

让目光戴上乳胶手套,让空气不锈钢的
手术刀剖析青藏高原上空一位叫作鹰的
藏文

锋利的喙,清晨是婴儿们出生时候的
眼。举止端庄的绅士坚持着雪地散步的良好习惯
颈,留给爱情和可人的美丽
心脏,雪莲花开。翅膀,想象是一件美好的事物
爪,在草地上慢慢地品茶……

人类最好的护士,是鹰
是引导灵魂进入天堂的一丝感动
是滴在春天的种子上的一滴水

四

坐在看不见头顶上的天空的越野车
夏天的童话如同稀少的人烟,纷纷掠过
我的圆珠笔,猎枪,书籍,字
雪线,依然是我们不曾亲眼目睹时的
哈达形状
我无法看见头顶上盘桓的鹰

坐在发动机旁的我,用石油奔驰的钢铁
拒绝所有的蛋白质类的速度

就在这个夏天,我认识了一种我正在描绘的
动物。在大地就要成为天堂的间隙
在人和动物语言相通的边缘
我从汽车前面看见太阳的斑点了
鹰。我的目的地住着一位博学活佛的传说
我的目的就是在心中
长出羽毛
太阳不落了。整个夏天,我都在太阳的下面
在青藏高原茂盛的草地上流浪。直到
牛羊肥壮
人烟稠密
直到,开始恋爱的颈

五

凡是静止的事物都意味着死亡,而鹰的静止
鹰在蓝色天空上的静止
是死亡的反面
汽车。猎枪。书籍。语言。悲哀。愤怒。
原子。空间。光线。电。速度。
我看见它们纷繁的尸体和停留在高度中的

坟墓
可以容纳所有水的字,才能写成海
可以容纳所有坟墓的坟墓
才能称作天空中静止不动的鹰。无路可走
真实意义的鹰只有抽象的高度和缥缈的体重
它们,拒绝任何形式的路

小　寺

我要叙述的是一座小小的藏族寺庙
雪山之巅,松柏们盛开雪花的地方
唯一盛开一种不真实的格桑花的地方
一座红色外壳和黄色长号绽放出的寺庙

女人们背水,男人们诵经
我站在他们中间放牧虔诚的牦牛
和流浪的影子。一座比哲学还要高的山上
鹰在我合拢的双手间飞翔
那些背负着清水的女人朝山上走来
那些把雪花锻打成黄金形状的匠人
朝山顶上透彻的风走去

真实的寺庙,是雪花砌成的寺庙
是诵经的声音在雪山之巅塑成的寺庙。是我
正在途经的一座小小的藏族寺庙

在九寨沟的深秋中歌唱

九尾鱼一般在水中游动的藏族村寨
在树叶飘零的清晨,把霜染的经幡
竖了起来。悠远的手
正在接近透明的瘦鱼,和所有的水凝重的家门
在九寨沟的深秋中歌唱。自上而下的是水
高高飞翔的是天鹅,和身着藏袍的
民谣。一千种水养活一千条鱼和一千棵树
一千棵树生长一千枚树叶
我看见居住在树叶和鱼之间的精灵了
九寨沟,我看见雪花的王冠在歌声中的高贵了
把生命像一本书一样地打开
那一枚映有波光的红叶,途经所有的道路
正在叩响最后一道通向家园的门

把鲜亮的色彩植于离生命最远的尾部,秋天的鸟
来自远方的鸟,在诗歌璀璨的草丛中长大的鸟
向我手心唯一珍藏的水飞来
我在九寨沟的黑白胶片中参加过一缕阳光的
葬礼。从最后的一滴雨中
谁听见了阳光更新出生的阵痛。谁阴柔的长发

和细腻的手指正在诱惑在水中沉睡的蛇

所有的歌声,如同暮色中诚实的羊群
端坐在那棵结满黄金和玛瑙的树的四周
草丛之中遍布铜号,与天鹅崇高的爱情故事
离纯净的天空最近的是树上方飞翔的
精致小鸟,是小鸟上方来去无痕的天鹅
是天鹅头上号召羊群的空

在九寨沟的深秋中歌唱,所有的事物
已经抵达海子对岸歌声们无法涉足的背景深处
唯一可以在水面上走动的藏族女人,用传说
打动那些胡须般长垂的瀑布。谁掌握了
这些瀑布,谁的手臂就会长满苔藓般的智慧
所有的烟雾,随缥缈的白马而去
所有的女人,把她玉石的乳房排列在海子的
波光之中

太阳照耀着的雪地

太阳照耀着静止的雪与雪之间没有身份的人群
居住在野外的鸟,和她们从蓝天上
飞过的痕迹,被众多的目光
凝视成雪开在时间枝上的花

站在太阳照耀着的雪地中央
一种与昨天的雪一同坠落的感觉
如同钟声里盛满爱情的女人
紧握的双手是两枚在阳光中间不化的雪花
你看白色中最高贵的品质和眼睛了吗

此时。雪和爱情之外,唯一降落的物质
是阳光之中鸟最轻盈的语言
那些简洁的诗句,那些目光中生长爱情的女人
在太阳照耀着的雪地
用天空中最初沉默的脸庞,用雪中的雪
贴近那些没有身份的人群,已经
平静了的呼吸

用雪豹的声音筑巢

穿过文有祥云的金边酒碗在睡眠深处
雄性的一侧
我的手
伸开为树
收拢为巢

那些与我素不相识的风,自上而下
在我的衣衫之中怀念爱情
雪。作为一种象征丰富的沼泽
贴近我的肌肤
并且,在摇摇欲坠的秋天边缘
一些木质的纯朴目光
需要一种洁白的经血,来自雪豹
青稞般成熟的声音和衣衫上面牦牛般蠕动的
情歌

风,行走的温暖的声音搭成的巢窠里
握着雪豹的手
我才知道,一种语言的剑刃
可以剖开目光和冰川之中自由往来的鱼

猎人在远处幽蓝的枪口中

一次次漂泊。所有崇尚一片叶子的喉咙

在水之中

在冰和雪硕大无朋的情义之中

默默成长。枪,是生长在那匹孤傲马背上的

一种红色植物

缀满成熟气息的歌声

使猎手成为枪一天天美丽起来的花朵

一片雪。落在我黝黑的手指上

可以击穿幽深的枪口,使天气松散的四肢

在这口古井之外

在大雪山的对面

倾听雪豹四野独坐的迷人的斑点

冰封千年的是我久未睁开过的眼睛

在我的目光最初怀念的那片草丛

我看见,有两只腰身灿烂的雪豹

栖身在语言深处

左边一片雪中,是雄

右边一粒冰中,是雌

我的手,正在逼近它们长尾上闪烁的温柔

并且,永生永世地途经

大雪山与世隔绝的石头

发型别致。此刻等我已久的新娘
伫立在最后一片已经无草的沼泽中央
用情歌梳理那些不停饮酒的黑发
雪豹身上唯一与冰雪有关的事物
是它们的名称
和那排类似整齐排列的香烟的牙齿
并且,轻轻地
在新娘的肌肤上悠闲散步

我的目光,从眼睛到新娘的距离
恰好是两只并排的雪豹
我知道,爱,就是相隔血那么远
在大雪山空旷的冰川之中
我的手指
就要接近新娘终日怀念的诗歌了
黄昏来临的时候
我们需要用两种不同性别的雪豹
的声音
各自
筑巢

在九寨沟的丛林中穿行

一滴雨追随先前出生的另一滴雨,
水与水之间是丛林中透明的声音。

在九寨沟的丛林中穿行。黑颈鹤的
来历,被秋天
绽放成一朵墨菊。一位叫作桦
的女子擦肩而过,
说出的话
蘸着酥油在飞。
秋天喘息,
爱情用羚羊跑出雪山的那一抹白。

一滴盛装的水,穿行在树枝们
披着霜衣的
名字间。
一朵朵羊群的花开在坡上,
一枝枝叫作鱼的风从天空拂过,
月亮出来……

一句叫作蓝色的藏文,挂在九寨沟
的枝上。

九寨蓝

所有至纯的水,都朝着纯洁的方向,草一样
发芽。蓝色中的蓝,如同冬天恋爱的鱼
从一首藏歌孤独的身旁滑过……

九寨沟,就让她们的声音,如此放肆地
蓝吧。远处说话
的草,把故事涂在黑颈鹤长唳的背景中。
用水草的蓝腰舞蹈的鱼,
朝着天空的方向飘走了。

朝着藏语蓝色的源头去了。

红桦树的影子,被风揉成一抹
水一样的蓝。倚树的女子,
用小辫上的冬天,
引领遍野的雪花和水草的名字,然后

天,空了一空,只剩下蓝。

春　天

在藏历中怀春的河，小巧，声音好听，
在我熟悉的地方，秘不示人。

鸟把羽毛插在水透明的枝上，
诵经的水开始朝上生长。

村寨在树丛中越来越小，壁上的莲花
像是被风渐渐吹大的那句犬吠。

藏民把梅花鹿的面具戴在女人涉过的河上。
漂在河面说话的珊瑚，和来自吐蕃的时间，
正在抚摸插页中射过的箭，与月光
陈年的怀孕声。

迎春花坐在最后一枚雪花的门槛上读书，
枝头厮守着高处的水。
藏语引领女人们的合唱，阳光是歌声
疾走在大地上的影子。
枝头们的水在天空写字，
炊烟是开始怀春的鱼。

春风一度,青稞的种子在背水的路上摇晃,
所有的路开始婀娜。
春风二度,我在一夜之间的河中素食,
给你们描绘无尽的树,草,或者爱情。
三度之后,河水丰沛,
我用周身的风韵,绽放花儿朵朵。

春天是我用诗歌熟悉过的村寨,那声犬吠,
还有背水时和我说话的女人,已经来了。

花朵们沿着我指引的河谷,可以开到天上。
可是,被春风招惹过的我,
已经比水还老了。

女人们的海子

飘在最后一滴雨的身后,雪字一现,
便是白头。

海子用女人的颜色装饰水面。
下雪了,声音们天鹅的翅膀
整齐地掠过森林的封面。
用桦树走路的女子;
把阳光系在腰肢上的青稞回家的路上,
把斑鸠飞动的名字植在水中。

一柄水做的伞,被水的手撑进
藏语低矮的灌木丛。雪片中柏
的身姿在波光的巢中,
用羽毛轻盈皮肤上捆扎的风声。
冬天是一尾鱼剔透的女声
在狐皮帽的阳光中叙述,并且,
凝成一句叫作冬虫夏草的
海子。

前面是名叫九寨蓝的海子。走在
后面的,是一位叫作藏族的女子。

松　鼠

一支缀满藏语的情歌，上山来了。
松鼠用稞蔑视周围的云烟。

杜鹃们一夜之间飞成丛林。
朝着白天的白漫去的是花，
朝着黑夜的黑逝去的身姿，是假寐的
松鼠。

藏人的马，驮着经书中的阳光，
从山冈的乳名中走来。
蝴蝶的影子是藏人前面的藏人。
一抬头，
天空就蓝得不是蓝了。松鼠把遍野
称为杜鹃，
朝天上走去。

稀薄的清晨挽着松树的梦魇，
杜鹃花妖精的腰肢，坠进
露水发芽的念头。
松鼠嵌在青石上的身影，被风一拂

跨在藏语的桥上。

我看见一只松鼠,是藏语的杜鹃林中,
一枝用芬芳逃窜的蕊。

青稞酒之一

一滴酒种进酒碗的银子里,像是
一粒青稞攥在手心春天的隐私里。
用月光熬日子的女人,
把长发的味道飘到河对面插满经幡
的水草中。
月亮用女人藏语的体温发酵青稞
黄金的名字。

青稞酒的羚羊走过山冈,风一吹,
坡上的花就盛开。

一种叫作青稞的日子,
被藏族着的女人,用目光一捏,
就成酒了。

一羽鸣叫

把白色铺张开来,冬天说出的话
挂在巢的背景中。时间一<u>丝丝</u>地,
被风,吹成
羽毛的鸣叫。
花楸树的眼睑走在雪地上,陈年的
火苗,把熏蓝的故事
映在冬天透明的乳房后面。

雪色的长裙,走在鹿千年的梅花上,
手指从长发的歌声中被掠过。

贴在雪片上收敛的耳朵。一羽会飞的
鸣叫,
把我遗忘在木筏结构的身姿后面。

在空洞中遗忘的,是一对白色石头
冬眠的蛇。
在透明的手掌上奔跑的,
是一滴念过经的冰
化成的水,坠落在叫作坠落的过程中。

走动的花楸树,把手伸进经文的宽容时,
看见了一枚雪花的年迈。
用银子收拢的鸣叫,
是鸟累了的雪花。

一枚阳光的蝴蝶

阳光的马蜂群凝固着正午,蝴蝶
把杜鹃笨拙的影子,越片越薄。
寂静如同声音在睡眠中的溃不成军。

正午的阳光在一首写给李商隐的
诗中一动不动。
用波涛鲜活的山谷,是一枚说话的
蝴蝶,和她饲养的文字。

穿行在杜鹃低调的叶子和我之间
的一段民谣,用敲碎的河,
闪烁着阳光们黄金的蝴蝶和她们
的诡秘。

一地的花朵说辞,用女人选出的时辰,
引领蝴蝶的天空。

学会飞翔的书,在梦境挂破的树梢上
孵化衣衫,
和蜂王离开时的声音。

九十九只藏马鸡飞过的天空

失去风的风景,被一棵默诵经文的
冷杉,和一条用石头说话的藏獒,
支撑在天边。

体态臃肿的藏马鸡,睡在自己空洞的
鸣叫中。终日的舒展与最后飞翔的
是一天天黄金起来的树叶。

一枚途经羽毛的雪,
长成冷杉用藏马鸡清洗帽子的水。
牧人用积雪的路唱歌,
帐篷和大地仅存的妖娆,是女人
炊烟中酥油茶言语的腰肢。

九十九只藏马鸡飞翔过的天空,
所有诵读过的经文,聚集在天空之上,
唯一的天空。

九十九枚生长在水面的雪的经文,
是天空中藏马鸡的羽毛。

沿着一匹枣红马嘶鸣的姿势

沿着枣红马嘶鸣的姿势,
春天随河流跌进杉树上布谷鸟搭成的
瀑布。在四月的草地,
一支站在夕阳蹩脚寓言中的小歌谣,
掠过野杏花,在手指宽的一夜之间,
成为草茎般排列整齐的日子。

与一匹马生活在同一朵花中,
月光越洗越淡,歌声们一律弱不禁风。

翅膀的夜空,一滴水,划破歌声中
遗落的矮羊茅。草尖在传说
一匹马枣红色的放肆。

在四月。沿着一匹马枣红色嘶鸣的姿势,
可以触摸到她们唯一的爱情。

野鸭子

啄食水的源头。把声音和生命
一同置于松清纯的冰中。

晚秋的头发掠过真实存在的风,飘浮在
影子透明的红叶后面。水底植树,
用轻盈的温暖,和高贵的语言在九寨沟的水底
植一棵手指的树。
在九寨沟的秋天,我看见海子中央开放的花朵
静止在水的枝上。野鸭
斑驳的眼睛被雪山的雪,姿势沉稳地
停放在大路的尽头。我知道
一种禽的高贵品质在于它的孤寂和羽毛
生长的高度。
石头的水面,唯一来自别处的声音是自己的
影子。在影子中静止地沉默
天空的蓝色成为一座朴素的桥,一座孤独的
木搭成的目光,抵达意境深处最后的
高度。九寨沟海子中的野鸭,
我把手如眼睑一样安详地闭上了。

挂在树梢的第七枚月光

笔墨折断在拖拉机撞伤夜晚的瞬间,
一匹书中吞噬水的牝马,把月亮
驮了出来。
银子里睡觉的松鼠,用桂树
想起家乡的地名。

述说过酒的筏子,桦树皮的哑语,
在树梢上飞翔成壶。
细鱼布满秋天,勾勒出酒
的身姿。
月光中的鱼,沾酒便成了精,
眼瞅着细腰的第七枚妩媚。

其实,她们涉水的爱情,和拖拉机
的伤势,取决于
挂在树梢上的第七枚月光。

谁在怀念随风飘逝的石榴

翻过一座山,就是妖精们梳妆的地方,
美人鱼的水吉普引领花朵手捧的时间。

一朵开在露水的踝读书时划伤的草上。
风把雨刮死,把青蒿种进白蒿的身影。

二朵开在树梢的水腰上。
诡秘的斑鸠用风铃声走路,
潮湿的阳光是她们的丰满。

三朵勾魂,临水的额头是嫁过的绸,
和鸟一起飞过的石榴。

翻过一座山,就是妖精们衰老的地方。
吉普车的鱼正在吞噬那些姣好的唇事。

谁在怀念随风飘逝的石榴,和妖精们
吹进书里的红色声音。

鸟　鸣

兔子在阳光冻僵的树枝上撒野,风
把苍鹰的影子凋谢在月光的褐色中

从红松的眉目间,坠落下来
途经阳光的遗体,一枚叫作泪的草鹛

在刮走一片片阳光的风的缝隙里
发芽了……

2010 藏历新年,下雪

金子锻打的藏语,在雪花上建造她们的寺院。
湖泊中的水,是牛羊的清晨,是大地的供奉。

唐朝的纸写到经幡,
途经所有的灯盏,酥油,吐蕃藏在藏历中
火苗的手链。

汉字在前世的丛林学习飞翔,花白的头发
泊在唐朝节气茂盛的书卷中。
腰间长出些银子,仗义,
像画在帛上的鸟鸣,又走投无路。

用坡上雪花们的姿势伸展姓名,年龄,
籍贯,和诗歌。悲悯的柏枝,
说话,发芽,规劝想要动静的众多鸟类,
她们是我的来世。

虚空的斑鸠,自下而上,把匍匐的水,
扯成经幡。

雪开放出漫天藏语硕大的银子,天气上面
是铜号褪去时间的空旷。从今以后,
我们用藏语写诗。

经幡中纯银的字母,
是她们建造的寺院中,被大地放生的那句话,
和随身携带的清晨。

雪地中的女人

端坐在一场雪事莲花的马上。

声音们的羊群蠕动在
雪花白色的羊毛下面。

雪的分寸,源自远处的山冈,
和迎面而来的女人头上,用红色说话
的围巾,那匹藏语喂养的马。

天把雪下成一棵栖着松鸡的树,
还有,白色后面,
诵过经的那一缕火苗。

天　鹅

黑色乔木的封面,偷听女人用蓝翠雀
背水的声音。羽毛的小径,
被藏歌银子敲打的月光
铺成秋天状的草窠,挂在空中。

一滴落在牦牛背上木讷的雨,
把空旷的姿势
写进水说话的影子。生长的
风,在花蓝色女人的
眉间绽开。雪山,是一座梦境透明的
过程,披在凌晨的藏歌身上。

经文中伸出的水桶,等在
生长天鹅的路上。像是眼睑的水草四周
结满帐篷般黄昏的寂静。

背水的女人,松林颀长的手臂,
用经幡
怀抱天鹅的秋天。

雪　地

雪与雪之间没有身份的人群，
居住在画眉，从天上飞过的种子下面。

画眉的墨汁，与夜晚的雪捆绑的啼叫
一同坠落。
水做的钟声盛满女人，酥油灯的双手
是默诵经文的雪花。

那些简洁的句子。画眉的笔画，
是整个雪地朝天空突围的脸庞。

冰封的海子

用杂木林鸟鸣的透明手指,冰封九寨沟
的海子。裸鲤的
树枝在月光的雪中
飞翔。珊瑚藏语的女子用长发
移动空中的冰。

海子的鳍与形容她的词汇,把雪
铺陈在空中。
石头中白色的牦牛在通往海子的路上,
相互倾诉。牧草的故事,传递
月亮抵达的手势。卓玛,
海子边藏语们石头奔跑的帐篷,
是牦牛的呓语。

牦牛和白和路和月光和藏族歌谣
和天气,和冰封的海子
一同坠落。
谁透明的手指冰封了海子。

我们,走吧。

藏　刀

可以剔出雪骨头中的雪的刀，
才是藏刀。
可以用雪的声音缝制袍子的刀，
才是藏刀。

穿行在麝香中的刃，
是雪豹的雪和卓玛的小红马。
把雪种进眼里，
把花播成女人，
还有一只鹞掠过天空。

一柄叫作宝藏的刀，
用豹子稀罕雪山行走的名字。

阅读一本有关藏族的书

坐在书中石头砌成的房顶,
冬天盛满一群群鲜活的藏语的鸟。
白杨的叶子落在自己的水里,
诱惑童话的羚羊,背水的女人
和青稞们冬眠的坡地。

坐在书中石头砌成的房顶,冬天的灯盏
是牛角走动的经幡。
阳光晒直的树干,点燃
黄昏的铜号。寺院前的空地,
让那些不是青稞的女人
干枯了。

坐在房顶,阅读一本有关藏族的书
和它说话的牧场。
用阳光把歌谣喂直,
随同书页,翻成对面坡地中
那只觅食的

鸟。

和一只乌鸦散步

在寺院前空旷的季节里,和一只
乌鸦散步。

夕阳滴落法号们羽毛疲惫的铜,
寓言,掩藏在河流的外套下面。

僧人清扫说完话后无路可走的柏树。
寨子的女人给播下的每一粒青稞,
缝制藏文的衣衫。

苹果中的我,用一只乌鸦散步的姿势,
把火苗,
放在她们将要冻僵的路上。

场　景

鱼是海子的花朵。树上筑路的架子车，
车辙用自己的树荫发芽。

蚂蚁驮着拧干了水的时间重新播种，
松木筏子拉长的牵牛花，被鱼
拴在帐篷的光线上。

用雪覆盖整个时间，
和海子左派的布局，
鱼雪花的手穿过空气凝固的树叶。

和场景逶迤在月光的面貌中，
冰做的架子车，
外套是树长出的马。

九寨沟的深秋

九尾鱼的藏寨在水中游弋,
经幡的霜摇醒了整个清晨。
假装椴树的手,
正在接近透明的鱼,和水的门槛。

身着藏袍的水,用天鹅自上而下,
民谣们植在空中。
一千种水,一千尾鱼,
水的腔调中裸露的
一千棵树的喜鹊,
居住在树叶和鱼
玛尼堆隔世的词典中。

斑鸠尾部的秋天,浸在水无路可走
的藏语中。
九寨沟黑白胶片中一缕阳光的
葬礼,正在逼近长发睡眠的
蓝蛇。

暮色中歌谣诚实的羊群,

端坐在黄金树逃逸的树荫里。
草丛遍布铜号,
天鹅们纷纷模仿天空的崇高。
离天最近的
是学会飞翔的一种姿势。

海子开始聆听,
抵达海子对岸鱼虚拟的面具。

水面上收割青稞的藏族女人,
松鼠用瀑布的连枷,
掌握粮食的天气进出
的门。

驮着烟雾的白马被霜的鞭子抽成鱼
潜入海子走路时
被风刮走的藏袍。

村　寨

放牧的男人回来了。喜鹊围坐在村寨边缘的
空地，啄食发芽的狗吠。

拎石灰桶的僧人，用一件新衣服的清晨
装饰经文们白塔的白。

被喜鹊掠走芬芳的松木桶，走在回家的路上，
水滴，看见女人把村寨驮在牦牛的背上。

九寨沟海子的鱼

是最后一种用骨头的倒影呼吸的藏文。

九寨沟的海子,从天空的蓝色悲悯中,
拧出鱼来,
拧出雪花的鳞和红桦的鳍的鱼眼泪来。

鱼的笔画中最简洁的线条,在雪地
围炉而坐,
经幡的火焰勾画出门,游弋成雪花
进出的声响。
鱼散发着松脂的鳍,
身着藏袍的栎树叶,在一匹匹奔跑的风中
舞蹈。

赤脚草的药引,生长在羊群绸缎的水中,
方言中的蓝色,把独角的头羊,
供奉在阳坡。
鱼透明的角伸进食遍花朵的风,
和从牧歌的窄肩
一掠而过的水草。

影子被月光打捆后吞噬殆尽。
九寨沟海子的鱼。一条单薄的路,
天鹅的唳叫冰封在雪花诵经时
秘不示人的手心。

一群向春天行走的喜鹊

一群向春天行走的喜鹊,披着麦苗的
地毯。
皮卡车载着小河透明的细腰,
在农区的平坝上
收捡陈年的鸟鸣。

春雪是第一拨雨的推土机,被喜鹊
的油,鼓动在春天的路上。
鱼从冰中伸出右手,拨动酥油灯
藏历中的节气。
女人们背水的路上,铺满金子呓语
的早课声。

黑白的舞姿,被疾走的僧人言中。
奉献给太阳的山坡,遍插经幡。
月亮,正在分娩冰封的河中
水的种子。

喜鹊,我听到了水发芽的声音。

羊　群

随身携带的雪，卧在川藏蒿贞洁的身边，
猫午眠的草场，把远方折断在藏歌出没
的水的纸上。
肥硕的地平线，把外套
披在草远去的河流身上。

忽略不计的云朵一样生活的羊群，
正在放牧水源，和阳光制成的盐。

遍地的女人用画布上的花朵喂养
与我的白发朝夕相处的羊群。

梦见过轻盈的水

梦见过轻盈的水,在生锈的空气
上方,秋天领着一尾裸鲤回家的过程。
镶嵌红宝石的指尖,
开启雨滴的柴门。
水森林晾晒在
辽远的崇山中。

四壁狭小的爬山虎,
开始贩卖白色的声响。
做梦的空气,
把树长水里。

风无法嗅到的水,蓝色玻璃中间
的水,聚集在梦境周围。
用干爽走路的草,
是鱼播种出来的月光。

栅　栏

栅栏上喘息的藏袍，和黑白胶片的狗，
指着阳光，
蘑菇把蜗牛的触觉摊在草坪上。

让石头皱眉的妇人伸直了麻雀的腰，
在说出的话中净手。

我看见一匹白马，
沿着栅栏向妇人的尽头走去。

松潘尕米寺,看见掠过树梢的一曲藏歌

在尕米寺,用莲花的笔画老去的衣衫,
如同水走过的青石。你们未曾见过的青,
是我牧养过的雪。

一座寺院的名字,长在铁鸟腋窝的路上,
被藏语的途经,圈在弓杠岭起伏的牦牛
之中。白发是苍老的羊子经年不遇的盐。
我匍匐得越低,盐的声音,
就离我越近。

斑驳的暮色晾在藏马鸡想要泛黄的树叶上。
离家出走的羽毛,把心中的豹子,
画在藏语的岩石上,用时间翻检
身边奔跑的云朵。

四面的红墙是豹子的爪
开在大地上的花朵。她们空旷的喊声
是法号中的风,
一吹,豹子会飞,
雪在逝去的路上,唱歌、饮酒。

白马眼见着一柄藏刀在树荫中发芽，
收割豹子遗下的青稞。

白马的拐杖，是一曲风一样掠过树梢的
藏歌。
藏刀是一切春天，最锋利的种子。

水。为鱼所困的女人

水中的门,穿长裙的女人和身上画的鱼
被水草的手套打开。
从天上跛脚而来的水,
在一朵桃花中开启。姿色恍惚的
女人,是桃花鱼扇状的乳房。

为鱼所困的女人,器皿的
浮华沿月亮的鱼腥草
戏弄鳞片划过城门的
单纯。鱼读书的信仰,在水的
源头,贴近女人面罩上的嘴唇。
水草指向鱼一抹光线的姿势。

女人的眼睑
是生锈的鱼。

站在桥上的声音,发芽的鱼,
和背过身的水。

桥的树枝,在水堕落的过程中摇晃。

玻璃，把爱情晾在语言发霉的位置。

一滴水中吹箫的女人，
打开那尾亲近你的，鱼的，
门。

青稞酒之二

黄金中的农妇,把壮硕的腰肢
摊在阳光门口,直到晒出香来。

雪花盛开出的器皿,
是男人唱歌时捧着的飞翔的词。
农妇
在山雀跳跃的舞步中,
煮出一粒叫作
青稞酒的雪花。

降落在寺院之外

寺院中央，一位叫作喇嘛的火焰
用细鳞鱼从未见过的长号，
穿过经幡搭在天上的桥，
洒落的颂词
播在寺院外面，静默的女人身上。

雪，降落在寺院的空地上。稀罕的画眉
的爪痕是一片雪地的小名。
此时，铜成为河流的源头，
在雪地的纸上飞奔。

女人的念想，和柏一起
承受坠落的白色和铜的空旷。

寺院正在喂养一只
来自天穹的动物：雪。

诵经声的土墙之间
笨拙的太阳，
是众雪筑成的一阵犬吠

走了很久的寺院，
用树一点点地死亡雪的影子。

在黑色眼睛般的夜里倾听酒歌

白得令鹧成了天上一枚枯叶的瓷碗。
泊在藏语的海子上,浸湿声音的水
上面是一句蓝色的经文。

一滴漂浮的水,正在倾听
一群茂盛的鱼,用钻石的青稞一点点
养活的歌谣。

牦牛的角正在梳理自己的长发,
细腻和忠贞相互摆渡,在奶汁的
光亮中反复更迭。
瓷一动不动,直到桌上的手心
长成一棵松,用酒,嵌进歌的傍晚。

平展的酒,嫁接黑夜的青山绿水,
她们疯长轻柔,
是众神之中最华丽的
王。

雪锻打的藏刀,削断碗中盛开的

火焰。
我需要一片在月光中酒一般不眠的草场
和消逝的马。

手指坐在马的影子里四处碰壁。

寨子对面的森林

寨子对面的森林,比锦鸡的丰沛低一句话。
河流拉长的陈旧灵魂,
在夕阳的色媶山巅,四散开来。

雨滴在地上升起一朵颂词,
环绕寨子对面的森林,雪山
之巅的羽毛,被纯贞想象成蕈
蔓延在白塔旁的
静止状的女人。一朵牵牛花,
正在奔跑的长号边缘。

先人们杉树的面容齐整。
色彩厚重的人群,一遍遍地
把影子的群山嘶鸣。
在寨子中央,模仿锦鸡年龄的
老房子,布满箴言的木制结构。

人群中变幻的面孔,追随河中
的白马。
寨子与森林的平衡,把女人

送过马鬃白色的桥来。

一座藏族村寨和一片对面的森林之间，
只有一滴同时唤醒她们的雨。

咩

是一只羊能够告诉我们的全部含义。

我看见牧羊人手中的"咩"
在一茎草,一滴水,一缕风中,
晒着太阳。

收割青稞的女人

阳光均匀,黄金的腰,
弯在青稞的寓言中,
偶尔抬头,抱着经文的苹果树越走越远。

水一样绿的马尾松。中间,是成熟的青稞
和刚学会酿酒的女人。终日劳作的苹果树
正在为云朵准备歌谣,
和青稞内部的天色。

树枝上光洁的颂词,被女人的目光
瞭成马的名字,
并且,穿过青稞们长出的云朵。
用泉水弯腰的女人,滋润鱼的年龄。
手鼓空洞的原野,
用苹果树上走失的阳光
引领斑鸠们的巢窠。

收割青稞的女人,
正在用雪山擦拭天空鸟的蓝色。

晾在树枝上的歌声

水筑巢的树上晾着一些青稞陈旧的衣衫
与蛇的歌谣。

临水的风开始头疼。舒展水袖的
黄鸭,把羽毛种在树荫成为草药
的手指上。
在树枝诵读经文的路上沉默,
身影手提糌粑,把时间藏在水
静止的银子的碗里,泼出去,
鸟鸣们站起来,
转身又成了水。之前的水
浇灌树枝上的歌声,和月光
口服过的车前草。

一枚噙着秋天的树叶,
被蜂拥的露珠,拖了下来。

身披歌谣袍子的影子,在目光中瞭望
一棵树晒红的蛇,
把水中的倒影一节节摊开。

与水草恋爱的天鹅
把眼睑遗在森林与众不同的树枝上的天鹅，
以及晾在树枝上的歌声。

秋天到了。

在羚羊的右侧

在羚羊的右侧,白银自由生长,
牧人的气息和雪莲花的盛开左右时间。

藏式小辫在蓝色身影中,
融化雪花的呓语。
谷底的炊烟像是揣在怀中的狂草
瓷的姿势,在空中写诗。

一朵唯心主义的云,
骑着歌谣,漫过草原浸水的铺陈。
四野白色的绸带,与一支硕大的铜号,
反复经历一场雨。

把满地清瘦的白银、月光、云朵、日子,
放在羚羊的右侧。

黑颈鹤划过 2011 年 8 月的一个夜晚

一页纸,宠辱不惊,像是一封信
中式的椅子,
在旱獭一箭之遥的明朝,继续他们的密谋。
茶马道上的爱情比茶叶茂盛,
不似汉区,劫匪虽识字,会唱词,
最美的女人,用来压寨,蛊惑人心。

黑颈鹤划过 2011 年 8 月的一个夜晚,
铜锈的茶叶,不吱声,任汉字摆布。

黑颈鹤看见整个清朝在若尔盖闲散,
随从众多,水草识时务,茂密。
信封的马,比劫匪的口哨还快,
在风头上一打眼,还没来得及说出爱她,
翅膀就成了茶水中的毒,不管汉藏。

最经典的女人走了

最经典的马走了。在草原腹地
颈上遗落的白云,散成旱獭们
洞穴的言语。
一道奔跑过的风,顺势把空气捏成花朵,
然后,又让她们凋零成风。
水草面容狡黠的茎正在驱赶
马蓝色的影子。

最经典的女人走了。奶汁搭成的帐篷
开放在天空和长发之间的寂静处。
流淌一条蛇画出的河,远处的雪山
用尚未抵达的白色戒指,
经典女人的名字。把花瓣
滋润完,蛇的手指
一遍遍地抚摸雨,和滴在狼毒花上的
幻觉。

最经典的云走了。遍地的花朝着天空相反的
方向凋零。风吹落字迹的哈达,
站在没有性别的鹰单纯的背景后面。

用雪花锻打成的白色牦牛

水黄昏的手收割青稞四散的声音。
鹰的嗥叫是天空坠落的雪霰子。
麻雀掠过的杂乱名字,和水逃遁的姿势
击中斑鸠勾勒的往事,冷杉齐整地沉默,
被风——洞穿。
我看见一尾红色的鱼,走在
民谣、羊和水草的尸体前列。

石头傍晚的花朵,
是雪花锻打成的白色牦牛。

木制的刀,在石头砌成的掌纹中,
迷失她们的羔羊
和女人背水时落下的松针。

折断编织了一条河的影子,和远处
及地的蓝色的小辫。

白色牦牛的双手
浸入铃声的银子。青稞转身的黄昏,
一棵棵草开出了雪花。

把路上的雨滴带回家的妇人

童话的雨,透过锦鸡藏语发芽的羽毛,
落在手挽蓝色的巢里。
路上的妇人,精致的鸟爪和裙裾
收割蓝色中的果子。雨中说出的话
成为雨生长的肥料。

一场雨童话的注脚,把一丝黑发拼成一个
黑夜。风把拼凑的梦话吹成一棵花楸。
风把风吹在风中。
风把亲人的影子吹进歌谣里。

把路上的雨滴带回家的妇人,用风的名字
喂养麝的爱人。

雪一样迎面而来的嘶鸣

用冰飞奔的马群,把铁撞击出的鬃
一根根地竖了起来。
林鸮唯一温暖的求偶声,
在雪片中磨刀。
针叶林的空洞
铺垫食物硕大的虚心。

潜入蛇冰凉的雪中,
面孔用虔诚,渐渐陌生乌鸦的眼睑。
一枚叫作嘶鸣的雪
撞在冬天的藏袍上。

一群用好马嘶鸣的雪,
向四周散布林鸮掠过的清晨。

雨下在各莫寺的佛塔上

在阿坝草原的腹地,在羊群们从四周云朵一般聚集
而来的多莫寺,我唯一能够仰望的
高度,是蓝色的空旷历经苍劲的天
和太阳的光芒们居住的佛塔。
雨下在多莫寺的佛塔上。此时,我正在佛塔
的旁边,寻找那只迷路的羊羔。
你无法感知为什么如此洁净的水,会降临
在被称之为至高的姿势中。你无法看见
被月光透明了一千年的水,成为水银的过程。
所有的飞翔都终止在从天而降的花朵之中。
我看见了这些花朵与众不同的名字了,看见
以花朵为食的羊群和她们的羊羔了。

在拉萨河畔,邂逅一只前世的蝴蝶

身着红衫。我的手臂长满了油菜,还有,可以治病的念头。

在拉萨河畔,石头温润,兄弟们像蓝天一样透明。
我是谁随口道出的一句经文,水到渠成,我的声音,
注定要迎风招展。

在河畔,有人守着房子,像是守着足以抵达拉萨的词语,
还有那些说话的海螺。

我看见了从水中游出来的那只蝴蝶。整个大地
铺满油菜花写成的书卷。
我在中央,在拉萨河谷睡眠时,不偏不倚的
牦牛中央。兄弟们在海螺的树荫下饮酒,唱歌,跳着锅庄,
爱情像是天上的水。

我把说出的话伸进水里,水草茂盛,像是弥天而来的雨。

她们在水里筑巢,
引领着天上的云朵,和水中的鱼儿。还有我普天的
兄弟。

在拉萨河畔,我唯一不能脱下的只有我的名字了。
像是前世。我把房子修在写过的文字中,蝴蝶翩翩,
然后,用阳光把她们晒成水做的拉萨话。

在今天,我的名字,只是半句经文。还有半句
是拉萨河畔,那只前世的蝴蝶。在藏语中兄弟一样
地蓝着。

去小昭寺的人群中

上午的阳光是我从未经见过的糌粑,细微,在耳边
此起彼伏。
众鸟齐飞,我只是沧海中的一粟,抑或,一羽。

走在藏语前面的,是我在诗中写过的女子,长发,
银饰,像我命中的水。

我从衣衫中唤出些许的红,播在路上,饮水,我的
心一静,
前面的花就开了。

走在转经筒右边的,是我的兄弟,手艺朴实,
挽着我的臂,像是在植一棵树。

我从长发中认出一丝的白,写在与拉萨有关的诗中,
兄弟们一读,我就成一滴从前世流来的泪了。

走在拐杖左边的,是来世的我,贫困,没有情人,
眼睛衰败,像是荒草中用石头说话的乌鸦。

我只能从走着的路上，把自己奉献出来。
人微，言也轻，我想做万卷经书中的一粒字母，
被人们牢牢地踩在路的中央。

上午的阳光，照在去小昭寺的路上。
我要把走投无路的影子，
摊开，晒，像是侍奉那些雨露淋湿过的青稞，
让它们舒展开来。

在拉萨，我是发过霉的水渍，不动声色，
走在藏语们被阳光晒得香喷喷的路上。

在昆仑山五道梁正午的风雪中

> 五道梁，冻死狼。
> ——格尔木民谣

我看见一支歌谣冻伤在衰草的眼神之中，像是那种鹞，
小，可以用苍茫忽略。
可是，我要爱她。像是我的祖国。

所有的风，便是绝处逢生。我目睹她们一片片地醒来，
聚在汉语的身旁。此时，须我一呼，
随之而来的朝代，包括唐酒，还有宋妓，
纷纷扬扬，贴在那棵民谣唯一不死的传唱上了。

我的羸弱，是想扶起整座山来的字。昆仑将倾，
我是一日一字，不敢不写啊，我的族人。

风头正劲处，我满头的白发，像是那匹冻死在民谣
中的老狼。

一粒粒的雪，是所有河流的种子。倚着经书的锄，
在暮色中开花，结果，成为这山用鹞飞过的根须。

此时,天色向晚,
寂静。让我心安,长眠。来吧,我的祖国,让我想你。

民谣比风雪还要厉害。五道梁,在我大病初愈的路上,
是谁冻死了我的诗歌。

拉萨玛吉阿米酒馆,听到在那东山顶上……

我和想象着的巫师在雪地上飞翔。玛吉阿米,我们的酒开出
青稞们恋爱的花朵来了。月光辽阔,男人们除了诵经,诅咒,
还要在自己的那枚雪花中哭泣。巫师说。

一首歌可以让我的青稞孤独在爱情的月色中。玛吉阿米,
在那东山顶上,一只叫作路的鸟,饮水,脱俗,还要,无处可走。我的手臂,遇雪便化,
断成一朵朵莲花的影子了。

今日,成都的枯木被我悉数安置在壁上。足不出户,
不食鱼,不饮酒。玛吉阿米。形同莲花开瓣时的光景,
是我前世的哀伤。和穿透了雪片的泪滴。

你是他月光中脱下衣衫的鸟鸣。你和他,一鸟一鸣。
可以把月光收敛成一块水晶的那一声鸟鸣。巫师在头发中,
我看见他和雪花一同飘落,像我的诗句。(这是

我和巫师生活在一起的唯一理由。）
包括他的衣衫，村寨，家族，和身上的疾病。

落在你皎洁的肌肤上，像是时光。玛吉阿米。

玛吉阿米。从你眼前划过的那一枚雪花，是我的死，苍白，像是月光下，你描出的那朵莲花，被柏枝熏过，在寺庙的壁上，已经一千年了。

在格尔木的胡杨树下看见三只麻雀

这是格尔木的第三天了。

第一天。山河尽失,大地平坦。躺在天堂边上的,
是旧时的老妇人。

第二天。人们聚集在胡杨树下,
一句陕西口音,和着黄鸭的气味消逝在狐狸去年的
踪影里。

第三天。我苍白的手指,蘸着阳光,朝着东方,
在胡杨树下画了三只麻雀的麻。

凌晨两点,格尔木火车站

火车的嚎叫,像是广场两侧正在梦魇的树枝。胆小,
是我命里,一种天生的植物。
我想起了远处的羊群。

黑色的车票,像是格尔木滋长出来的藏獒,让我发冷。
一枚叫作瘦的柳叶,在我前面走了。有些昏花,
我看着他那些感冒的汉字,被雪盖住了。

凌晨两点,我唯一可以取暖的遥远,和她单薄的情歌,
与格尔木,
格格不入。

藏寨行

一

停在雪地中的汽车,按照经文的顺序生长。
藏獒在北方的字母中警惕,壁上的
莲花,笼罩着与整个松林的距离。

你是扎西。
汽车在我给他起的藏名中流泪。

柏在说话的间隙,围满了寨门。用前世,
在雪花上雕刻一首不能再轻的
歌谣。风月无边,我的命已细到了极致。

飞奔的棉袍,在耸立的毛上安抚旷野,
不可松懈,紧裹着的,
是藏马鸡在凌晨的壳中抛出的咒语。

我们把它堆成雪人。

二

铜制的火苗,藏语和水不停地复制茶叶。
睡眠和雪地中的经幡无处可走。

天空播向高处,把路指给树。活佛,
漫天的大雪颠覆了雪人怀中的名字。

鹰在天空阅读隐藏蓝色的那一隅,
从披着外套的庄园掠过,
用翅膀看着没有名字的人,
在雪地上行走。

三

核桃花的尸体布满整个夜晚。
藏马鸡滴水的声音,在黑暗的高处繁衍。

我无法预见她们满堂的子孙。卵,
伏在暗处,
像是字母的亲人。

四

指纹中透明的藏寨,正在轮回。
我身似枯叶,是进不去的。

影子在收拾藏獒遗在树丛中的黑暗。
把黑暗写在这里,
不得擅自。远处的风带着茶叶的体温,
经幡是天空中蠕动的字,
扶着那么多想要长大的树。

我把站在雪地上的茶,叫作藏茶。
把饮过藏茶的鸟儿,
在鸣叫中发出的芽,叫作诗歌。

九寨沟嫩恩桑措垭口,和一群藏族老人唱酒歌

第一杯美酒献给上苍。
天空晴朗,雄鹰是我们奉上的酒呵。我们是羽毛下面的影子。我们的灵魂在你的下面。

苍天呵。我们要仰望,要成为你的一览无余。感谢你给了我们唯一的生命。

第二杯美酒献给大地。
土地肥沃,骏马是我们奉上的酒呵。我们是马鬃里面的长风。我们的生命在你的手心。

大地呵。我们要匍匐,要成为你的一心一意。感谢你给了我们足够的粮食。

第三杯美酒献给神灵。
花朵灿烂,我们把自己为你奉上。花朵们绽放出酒香,爱情,成群结队,在天空与大地之间茂盛。

神呵。天高地远,你要把爱情给我们……

在理塘长青春科尔寺的广场上

绿乌鸦退得很远,缺氧的石板,
是辩经时输掉的贝叶,
一天天地饮水。

一滴落在广场中央的雨,
像是摁住欲望的手指。
众神在群山之巅稀薄国道上的空气,
一头牦牛,因没有给女人指路,
终身不得生育。

铜在香格里拉的读音中预言铁鸟,
法号的扫帚越来越薄,人不绝呵,
铜在低处,
成为新的尘埃。

在长青春科尔寺,说出的话,
须用银鞘。
望出去的每一段目光,要报应回来,
像是湿透的乌鸦的叫声,
传不远,
也回不了头。

理塘县城仁康古街……

> 不往别处去了,
> 只看一眼美丽的理塘……
> ——仓央嘉措

那时,群山祥和,适宜预言云朵的栖居。
经筒里萌发耳朵,
万物皆为谛听,人心轻至一羽,
大地只生长大地。

大地的寝宫,在檀香木中安详七次,
楼梯们依次飞翔,直到
牝马成为霜做的影子,
暗示,来世一种叫汽车的快虫。

风,遇见一个念头,便把念头孵成
另一个风,
去见一个新的遇见。

杨树退守的智慧,让车马,
先行坠落。

在仁康古街,一棵杨树正对的哲学,
被仙鹤的银针,一次次缝牢在地上。

经筒的皮肤在奔跑,
天空已空,
大地率领我们飞翔。

理塘无量河国家湿地公园

石头率领新的石头,
狼群扑向天空,
新鲜的路已经抵达苍穹了。

人世也就一眼,整条河像是余生,
不停地聚拢自己,
直到,老迈成另外一条河的名字。
一只仙鹤,把影子长成水草,
披在藏歌的身上。
寺庙在召唤那些走散的声音。

牦牛的觉悟,沿着诵过经的水,
引领草说话的时间。
风硕大的枝上,
遍布咒语,纸桥,和花朵的酥油。
人开出的花朵们,看见的字,
是牦牛的王。

天空苍凉,
大地拄着无量河的拐杖,
慢慢老去。

在九寨沟保华乡听南坪小调

把天空掏空,椴木声音的锄头把天空
逼到没有退路。

在耕过的天气中种花,
稗草的鸟叫被琵琶白发的栅栏,隔在
蓬勃的文字外面。

节令们用搪瓷的野菜敲打散碎的日子,
酒在正月的枝上,开雪花,
诱惑植物们成亲,生籽,让大地,
给天空用花说话。

藏马鸡被风筝错开的纸,描在云顶,
雾饱满,如同睡眠的水,
汽车是公路壮年时萌生的花骨朵。

椴树梢的女高音,酿酒,指引汉语中
的山羊。
如履薄冰的地名,
用年老的露水,一颤,
成一本水做的书,花朵们长出的封底。

九寨沟草地乡看白马藏人跳十二相

水里面的精,上树了。
树里面的精,凿成脸壳子了。
人里面的精,被酒灌成跌跌撞撞的曲子,
去到天上了。

长了一千年的水,用麻柳的族谱
丰沛在羚羊们奔跑后的空旷中。
用酒曲子阴干的麻柳,
被匠人的萤火虫,贴成森林的面具。
人间被烟火熏黑的山鬼,牵引着春天,
描摹藏马鸡啼叫的水。

把墨涂黑。年长的歌谣挂在椴的树梢上,
成排的女子在头发的水中识别洋芋的姓。

植十二首酒曲子的树,阻拦变薄的口音,
飞翔的熊猫,用炊烟拧成水的发辫,
晾在教科书拄着拐杖的寨子里。

引领水向上的树,

把蝴蝶长成人群中的白马,时间的铁器
被酒磨光,直到把水凿成面具。

九寨殇

> 我只是爱着那死去的一点点。
> ——题记

菩萨们用天鹅排开的盛宴，撒落在
松针刺破大地时，发出的哀鸣中。

松鼠在天上失眠。一棵树的神经，
洗了又洗，直到藏袍嘶哑，
大地的灯芯，
空洞成一张纸写不上去的灰烬。

菩萨说，死去的水，和将要出生的水，
是你们的亲人，
你们的足迹要痛。

遗下名字的神，诺日朗。风把噙在
牦牛嘴里的魄吹散。
青稞们苟且，怀孕的田野被葬礼
撒在行将死去的飞翔中。

长在地上的经幡，

把她们结下的粮食用马驮到了天上。

海子的肺沿着雨滴一点点地回去,
天空把蓝装殓在初秋的铁匣中,
生锈,直到大海干涸。
菩萨说,你要在那一天,
用蓝铺天的遗体,哭出声来。

失去名分的水,被霜剪成碎片,
遗弃在羊皮辞典的围栏外面。
红叶不敢末途,
让芦苇们挤在一起的绝版,哭成,
一句话。一掉,便再也捡不起来。

黑颈鹤用割断的喙,
抹去人、酥油、房屋、月光和森林,
水露出大地黑色的底牌。

鱼死去的口型,保持恐惧。
鱼用寺庙中的海螺,替代自己念经。

火花海。菩萨说,把她的油灯吹了,
睡觉。记着,要把火花,种在人心
还可以发芽的大地上。